청개구리 이야기

글 배효정 l 그림 김성영

개굴개굴! 개굴개굴!
아주 오랜 옛날, 청개구리 가족이 살고 있었어요.
엄마청개구리는 아기청개구리들을 무척 사랑했어요.
그런데 아기청개구리들은 엄마 말이라면 듣는 둥 마는 둥 하고,
뭐든지 거꾸로 행동하는 말썽꾸러기였어요.
아무리 타이르고 야단을 쳐도 소용이 없었어요.
그래서 엄마청개구리는 걱정이 끊이지 않았답니다.

"얘들아, 오늘은 동쪽 연못에 가서 목욕을 하자."
엄마의 말에 아기청개구리들이 팔짝팔짝 뛰며 소리쳤어요.
"싫어요, 벌레를 잡아먹으러 서쪽 산으로 갈래요."
엄마청개구리는 한숨을 쉬며 다시 말했어요.
"그래, 그럼 오늘은 서쪽 산으로 갈까?"
엄마 말이 끝나기가 무섭게 아기청개구리들이 소리쳤어요.
"아니요, 동쪽 연못에 가서 목욕을 하는 게 좋겠어요."
그러고는 연못을 향해 팔짝팔짝 뛰어갔답니다.

아기청개구리들은 우는 것조차 엄마와 반대로 했어요.
"자, 얘들아! 이렇게 '개굴개굴' 하고 울어 보렴."
"굴개굴개! 굴개굴개!"
"개굴개굴! 개굴개굴!"
"굴개굴개! 굴개굴개!"
반대로 우는 연습을 하던 아기청개구리들은
금방 싫증이 난 듯 팔짝팔짝 멀리 뛰어갔어요.
엄마는 아기청개구리들이 걱정되어 밤잠을 이루지 못했어요.

개굴 개굴

8

풀쩍

풀쩍

어느덧 찬바람이 부는 겨울이 되었어요.
개구리들은 모두 겨울잠을 자야 할 시간이었지요.
엄마청개구리는 따뜻한 땅 속에 집을 꾸몄어요.
"얘들아, 엄마랑 겨울잠을 자러 가야지."
"싫어요, 겨울에도 시원한 물 속에서 수영을 할 거예요."
"안 돼! 그러다가 얼어 죽는단 말이야."
하지만 아기청개구리들은 엄마 말을 듣지 않았어요.

엄마청개구리는 더 이상 화를 참지 못하고
아기청개구리들을 모두 불러 모아 야단을 쳤어요.
"엄마 말 듣지 않으면 정말 무서운 동물에게 잡아먹히고 말 거야!"
"네, 알았어요! 엄마 말 잘 들을게요."
그러나 야단칠 때뿐이었어요.
엄마가 속이 타서 찬물을 좀 가지고 오라고 하자
아기청개구리는 금세 뜨거운 숯불*을 가지고 왔거든요.

*숯불 : 숯(나무를 구워 낸 검은 연료)에 붙은 불.

엄마청개구리는 밤낮으로 아이들 걱정만 하다가
그만 **덜컥** 병에 걸리고 말았어요.
'내가 없으면 저 철없는 것들을 누가 보살펴 줄까?'
엄마청개구리의 근심*은 깊어만 갔어요.
"와, 이제 우리 세상이다!"
"엄마가 잔소리를 안 하시니까 너무 좋아!"
엄마가 아픈데도 아기청개구리들은 장난만 쳤어요.

*근심 : 마음이 놓이지 않아 속이 타는 것.

16

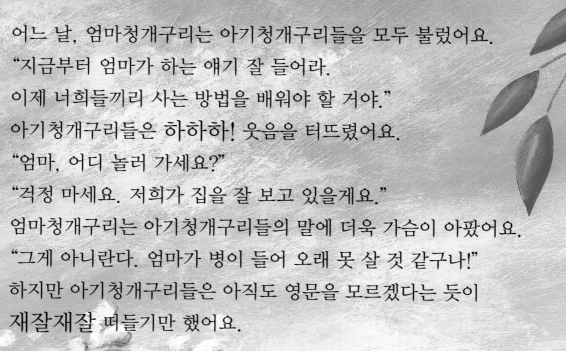

어느 날, 엄마청개구리는 아기청개구리들을 모두 불렀어요.
"지금부터 엄마가 하는 얘기 잘 들어라.
이제 너희들끼리 사는 방법을 배워야 할 거야."
아기청개구리들은 하하하! 웃음을 터뜨렸어요.
"엄마, 어디 놀러 가세요?"
"걱정 마세요. 저희가 집을 잘 보고 있을게요."
엄마청개구리는 아기청개구리들의 말에 더욱 가슴이 아팠어요.
"그게 아니란다. 엄마가 병이 들어 오래 못 살 것 같구나!"
하지만 아기청개구리들은 아직도 영문을 모르겠다는 듯이
재잘재잘 떠들기만 했어요.

19

"콜록콜록! 콜록콜록!"
엄마청개구리가 기침을 심하게 했어요.
그제야 아기청개구리들도 걱정스런 얼굴이 되었어요.
'내가 죽어서도 이 아이들의 곁을 지켜 주어야 할 텐데…….
언덕에 묻어 달라고 하면 아이들이 반대로 냇가에 묻어 주겠지?'
엄마청개구리는 이런 생각을 하자 마음이 몹시 괴로웠어요.
하지만 곧 마음을 가다듬고 아기청개구리들에게 말했어요.
"엄마가 죽거든 꼭 냇가에다 묻어 줘야 한다. 알았지?"

"걱정 마세요, 엄마. 냇가에 묻어 드릴게요."
엄마는 아기청개구리들에게 다짐*을 꼭 받았어요.
얼마 뒤, 엄마청개구리는 정말로 눈을 감고 말았어요.
"엉엉! 엉엉! 엄마, 우리가 잘못했어요!"
"우리가 말을 듣지 않아 엄마가 돌아가신 거야."
"다시는 말썽을 피우지 않을게요."
아기청개구리들은 지난날의 잘못을 후회하며
눈물을 펑펑 흘렸어요.

*다짐 : 다져서 확실한 대답을 받음.

22

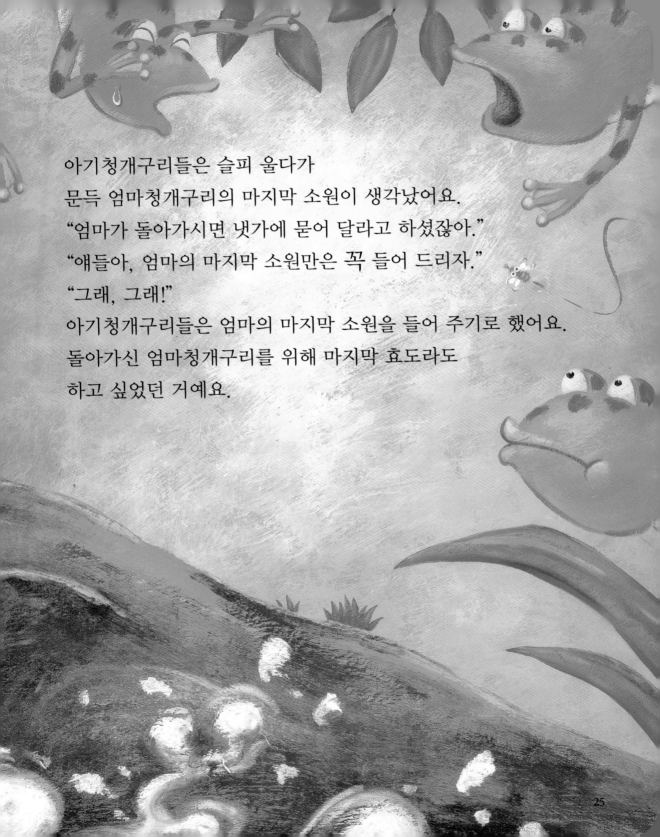

아기청개구리들은 슬피 울다가
문득 엄마청개구리의 마지막 소원이 생각났어요.
"엄마가 돌아가시면 냇가에 묻어 달라고 하셨잖아."
"얘들아, 엄마의 마지막 소원만은 꼭 들어 드리자."
"그래, 그래!"
아기청개구리들은 엄마의 마지막 소원을 들어 주기로 했어요.
돌아가신 엄마청개구리를 위해 마지막 효도라도
하고 싶었던 거예요.

아기청개구리들은 냇가로 달려가
정성껏 엄마청개구리의 무덤을 만들었어요.
"이제 우리끼리 힘을 모아 살아야 해.
그 동안 엄마가 해 주셨던 말을 잘 생각해 보자."
아기청개구리들은 먼저 "굴개굴개!" 하고
울던 버릇부터 고쳤어요.
"개굴개굴! 개굴개굴!"
그런데 갑자기 서쪽 하늘에서 검은 구름이 몰려왔어요.

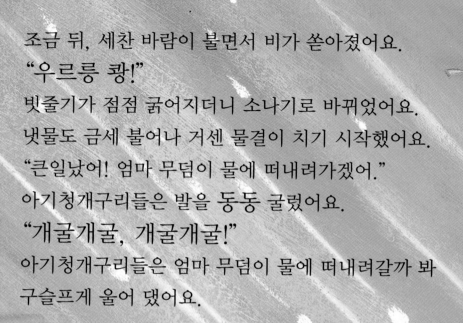

조금 뒤, 세찬 바람이 불면서 비가 쏟아졌어요.
"우르릉 쾅!"
빗줄기가 점점 굵어지더니 소나기로 바뀌었어요.
냇물도 금세 불어나 거센 물결이 치기 시작했어요.
"큰일났어! 엄마 무덤이 물에 떠내려가겠어."
아기청개구리들은 발을 동동 굴렀어요.
"개굴개굴, 개굴개굴!"
아기청개구리들은 엄마 무덤이 물에 떠내려갈까 봐
구슬프게 울어 댔어요.

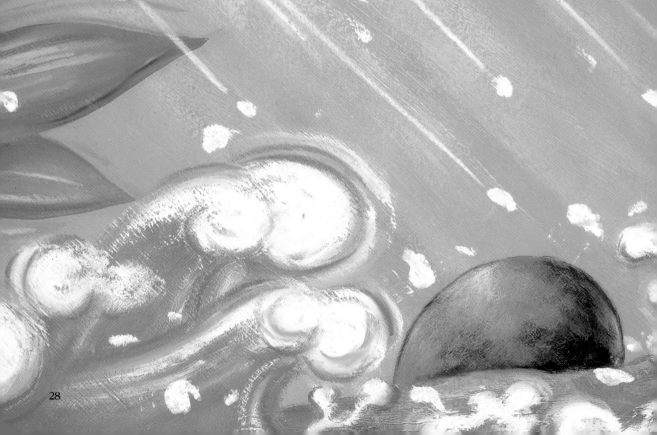

다행히 엄마청개구리의 무덤은 무사했어요.
아기청개구리들은 휴! 하고 안도*의 한숨을 쉬었어요.
"엄마는 왜 냇가에 무덤을 만들어 달라고 하셨을까?"
"이제 비가 올 때마다 걱정이야. 개굴개굴!"
그 뒤로 청개구리들은 비가 올 때마다
개굴개굴 하고 요란스럽게 울어 댔어요.
혹시나 엄마 무덤이 떠내려갈까봐 걱정이 되어서였답니다.

*안도 : 걱정이 없이 마음을 편하게 가짐.

30

31

청개구리 이야기

내가 만드는 이야기

아이들이 들려 주는 이야기를 들어 본 적이 있나요?
그 이야기 속에는 아이들의 무한한 상상력과 창의력이 담겨 있음을 발견하게 될 것입니다.
번호대로 그림을 보면서 앞에서 읽었던 내용을 생각하고,
아이들만의 상상력과 창의력이 표현된 이야기를 만들어 보게 해 주세요.

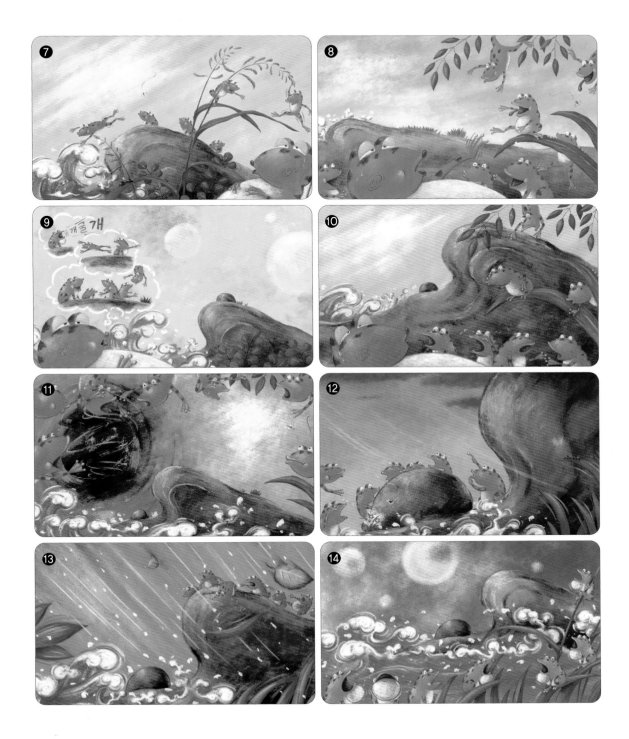

청개구리 이야기

옛날 옛적 청개구리 이야기

〈청개구리 이야기〉는 비가 내리면 청개구리가 우는 유래에 대한 옛 이야기입니다. 〈청와 전설〉〈청개구리의 불효〉〈청개구리의 울음소리〉라고도 합니다.

옛날에 엄마 말이라면 무조건 반대로만 하던 아기청개구리들이 있었습니다. 어느 날, 엄마가 죽으면서 언덕에 묻히고 싶어서 거꾸로 냇가에 묻어 달라고 하였습니다. 엄마의 죽음을 슬퍼한 아기청개구리들은 불효를 뉘우치고 유언대로 냇가에 엄마를 묻었습니다.

그 뒤로 청개구리들이 비가 올 때마다 엄마 무덤이 떠내려갈 것을 걱정하여 슬프게 운다는 내용으로, 효를 주제로 한 재미있는 옛 이야기입니다.

그럼 청개구리에 대해 좀 더 알아볼까요?

청개구리는 우리 나라에서 서식하는 11종의 개구리 중에서 크기가 가장 작은 종이지만, 울음소리는 가장 큽니다. 커다란 목소리로 '개굴개굴' 우는 청개구리의 울음소리가 옛 우리 조상들에게는 마치 어머니를 잃고 목놓아 우는 불효자의 모습으로 비쳐졌나 봅니다.

부모님이 살아 계실 때 효도하지 못하고 뒤늦게 후회하는 청개구리의 이야기는 우리에게 잔잔한 감동과 함께 깊은 교훈을 전해 주고 있습니다.

▲ 비가 오려고 할 때 수컷이 심하게 우는 청개구리.